DINÇER GÜÇYETER

Aus GLUT geschnitzt

GEDICHTE

ELIF VERLAG

IMPRESSUM

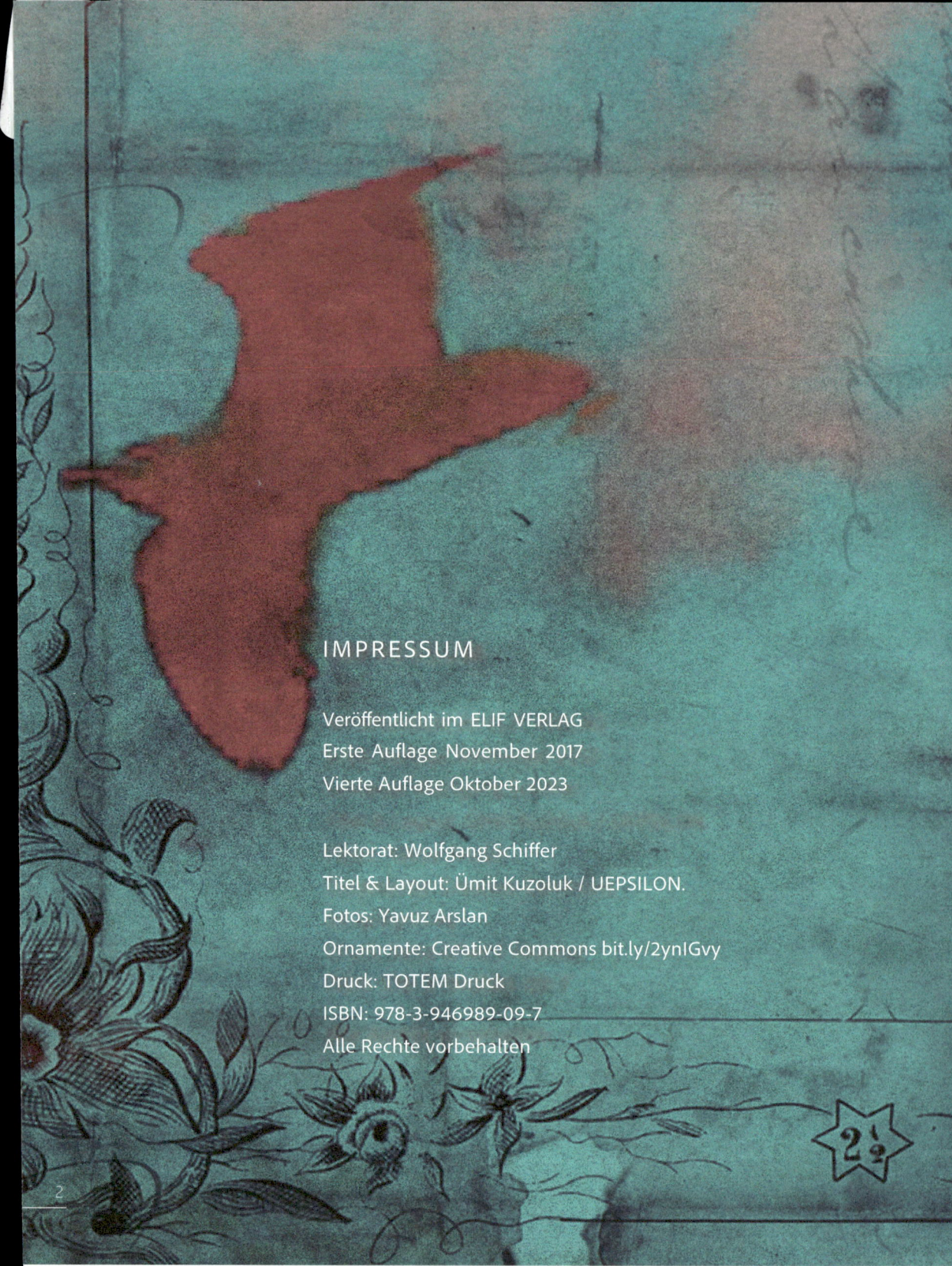

Veröffentlicht im ELIF VERLAG
Erste Auflage November 2017
Vierte Auflage Oktober 2023

Lektorat: Wolfgang Schiffer
Titel & Layout: Ümit Kuzoluk / UEPSILON.
Fotos: Yavuz Arslan
Ornamente: Creative Commons bit.ly/2ynIGvy
Druck: TOTEM Druck
ISBN: 978-3-946989-09-7

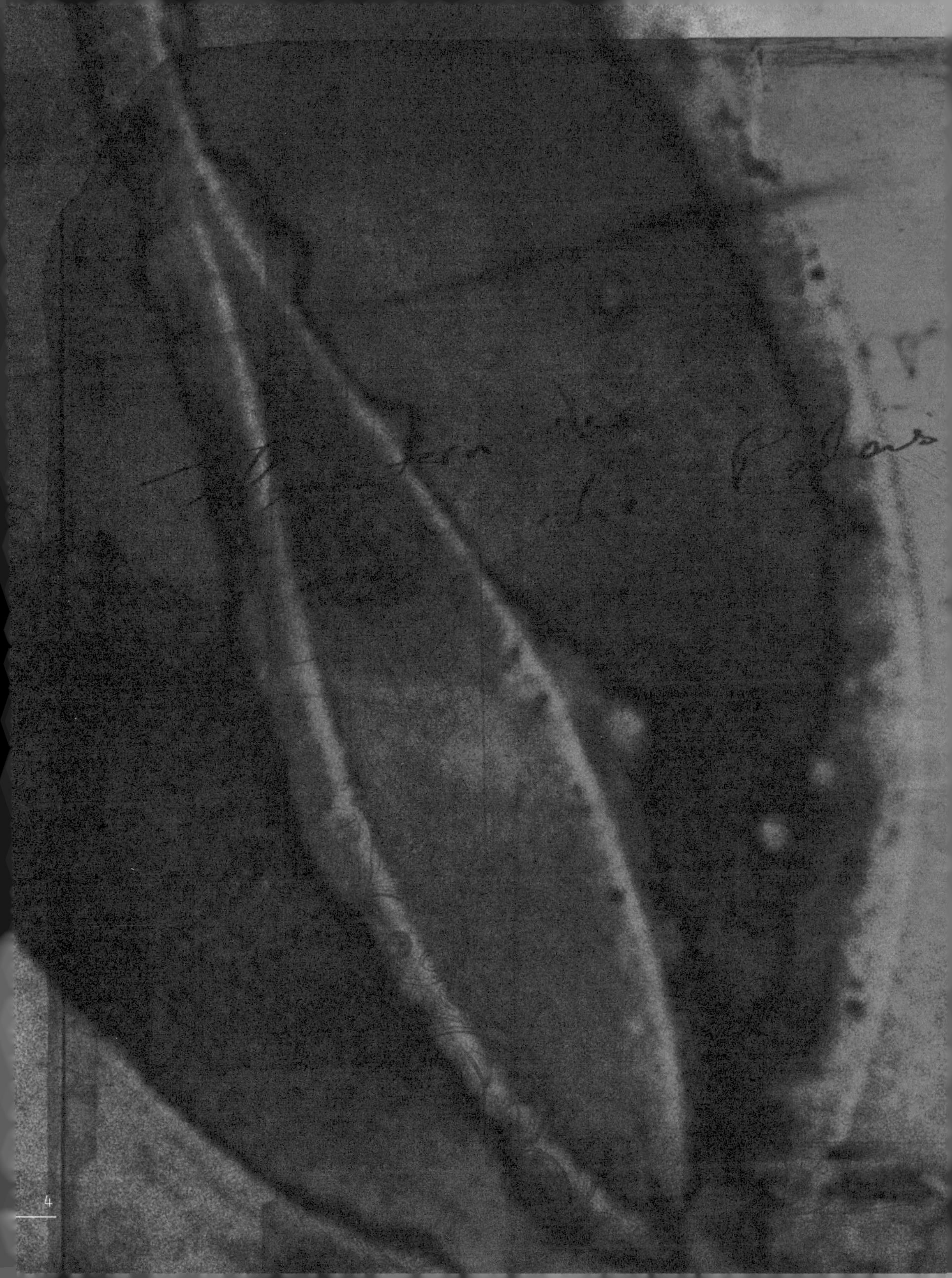

für euch, Kinder
für euch!

ach, Kinder ...

"meine schwester soll Klavier spielen
und du, Papa, tanzt für uns den sterbenden Schwan"

so hat der kleine Herr befohlen
als folgsamer Vater ziehe ich meinen bunten Tanga an
und drehe mich zu den rieselnden Melodien
zum Schluss ein flockiges "grand jete´"
taraaaammmmm ... und verbeuge mich sanft

der kleine Herr lacht
"Papa, weißt du? ich hab dich wieder reingelegt,
wenn du tanzt, siehst du aus, wie ein geiles Nashorn"

sechs Wehen einer Mainacht

die Zweige und das Vöglein

meine Faust öffnet
sich der violetten Nacht
ihr entspringt ein Embryo, zu früh geboren
es fällt vom Nest in ein stacheliges Gebet

Straßenlaternen wandern
über den Gassen
seltsam, ein Martinslied
weht ins Zimmer herein

der Sturm entkleidet die Zweige
in meinen Adern aber pochte einmal das Herz
eines Vögleins ... es weilt nun ...
im versäuerten Atem
einer alten Frau

ich sehe
die Straßenlaternen sehen
die Zweige und das Vöglein sehen
wie das satte Fleisch
das Leben
aus den Poren verstößt.

eine Sünde birgt sich in mir! schön besingt die Nachtigall den Sturm ...
weine nicht Mama ...

die Glut und das Vöglein

die Götter bepissen das Gebet
zuckend lassen sie ihre Lust von der Stirn
herab auf die Felder strömen
die Melonen schmecken nun
wie in Essig getränktes Fleisch

das Vöglein fliegt und fliegt
der Glut nah
fliegt und fliegt
der Schlucht nah
fliegt und fliegt
durch den entheiligenden Strahl

das Embryo formt sich
in der violetten Nacht
zu einem Glühwürmchen

seid still! ihr Mauern ... seid still! ihr vierköpfigen Giftzungen ... du, wach auf! Schahmaran ... in einem würgenden Schoß kaut die Kindheit an einer wunden Warze ...

der Schwan und das Vöglein

ein Schrei
ein tiefer Schrei
erschreckt die getauchte Ente im leuchtenden See
zerbrochene Entenherzen
rudern auf Pappelblättern ans Ufer

ein Kind, in einer Hand die Tüte, gestopft mit Brot
singt vor Angst die Strophe eines Rauschens
es wird warten
bis die Mutter ihre Schicht beendet hat
es sah auch vor vielen vielen Jahren, genau hier!
wie zwei ältere Jungs
das geklaute Fahrrad
auf den heiligweißen Schwan geworfen haben

die Schicht der Mutter ist zu lang für diese Nacht
zu lang ist das Zaudern der Zeit
das Warten schleift die Seele spitz
an einem Diamantenstein
der Schwan aber … wo ist er
der sinkende Schwan …

ein Kind, auf der Schwelle der Tür
in der anderen Hand die Laterne
an ihrer Zwergflamme verbrennt sich die Nacht
ihre Flügel
der Sturm dünnt den Regen
der Sturm singt die gleiche Strophe wie das Kind

diese regenduftenden Stimmen … die die schlafenden Blüten des Glaubens
wieder zum Gedeihen erwecken … Kinder laufen hinter diesen Stimmen her …
Papa, pass auf die Kinder auf … pass auf die Kinder auf!

die Tannen und das Vöglein

am zerhauchten Fenster
beobachtet die Topfblume
die verwaschenen Gesichter
sie laufen hin und her
zwischen den bröckelnden Wänden der Heizkammer
suchen ahnungslos
nach einem Halt

sie wissen nicht:
nur die Bilder von Verstorbenen
werden ehrfürchtig aufgehängt

die Umrisse auf der blumengemusterten Tapete
warten auf das Sela vom Minarett

lauft weg Kinder, versteckt euch in den Zapfen
ihr kennt das Märchen:
hinterm Hof des Schlosses stehen die erhabenen Tannen
lauft weg, lauft weg!
sonst wird das knirschende Gebiss der Zeit
euch einfangen! lauft weg …

der von Müttern geflochtene Atem
wird für euch
die Brücke sein über dem versoffenen See
lauft Kinder, lauft weg …

an fernen Himmeln schimmern die Sterne goldig. dort werden die schönsten Märchen erzählt, dort müssen die Kinder früh ihre Flügel ablegen … zu früh … bevor der Mensch geboren ist!

die Flügel und das Vöglein

von Ast zu Ast sprang der Schatten
des verlorenen Vaters und ich
blieb die Ameise in der Rinde
und aus einer namenlosen Kerbe
habe ich dich beobachtet
wieder einmal bist du zu spät, Kind
meiner Schwellenzeit:
längst wurden die Nüsse in die Nester verfrachtet!
weißt du? ich wollte immer schon zu dir kommen
dir das Wort der Scham
hinüberreichen

doch meine Flügel ... meine Flügel ...
liegen müde unter fernen Füßen: Menschenfluten
wieder einmal hat man dich vergessen, Kind
doch lasse die Ferne nicht bluten
nicht bluten auf den spatzengemusterten Weg!

haben wir nicht einmal geglaubt
der Schmerz sei doch nur eine Karawanserei
ströme aus Nichts und münde wieder
in das gleiche Nichts
lass uns bitte, bitte weiter glauben
den Tropfen Schnaps saufen
saufen vom schweren Rand des Blattes ...

*ja, die Angst schäumt in der Kaffeetasse ... sie flüstert, schreit, schweigt ...
ich soll sie bändigen! mein Sohn puzzelt auf dem Boden, er lächelt mich an
... in seiner Hand das fehlende Teil eines Elefanten ...*

die Götter und das Vöglein

all diese sich häufenden Stimmen unter der Kuppel
wehen, schleudern und fallen
einer Raupe gleich auf die Marmorplatten

der stöhnende Klang verbreitet sich in allen Gängen
dem Verlaufenen zerren die Stimmen
von der Hüfte das Lendentuch
deshalb, frage nicht wieso ich diese Wunde ausgrabe
in allen Gesängen

dichtbehaarte Götter sitzen in der Runde
reiben sich die Pimmel steif
all die Klänge tropfen, überkreuzt
auf die ausgerollte Lust

überkreuzt die Hände auf der Scham
flüchtet die Erinnerung
in eine Nebenstraße
nackt ist die Stadt
nackt: die Grimassen der Wände

und gefangen steht die Erinnerung
im Schmatzen der Neonlichter

deine Augen sind die schönsten unter allen Augen ... so hat man mir immer ins Ohr geflüstert, mir, dem Tänzer im Fruchtwasser ... ja, meine Augen sind die schönsten unter allen Augen ... hurra ... hurra ...

jedes Staubkorn schreibt seine
Geschichte
in die Fasern des Samtes

Sandmärchen

mit vergilbten Nelkenblüten in der Achselhöhle
stehe ich mitten in der Brandung
die Nachtigall auf meinen Wimpern
die Stimmen der verjagten Jungfrauen
singen gegen das Gefecht der Wellen

eine Frau saß hinter meinem Rücken
auf einem vergoldeten Felsen
junge Ritter, ihre Münder aus Minze
badeten entfesselt in ihrem Herzen

o, gütige Maria, schenke mir ein Kind
ein Kind aus Fleisch, aus Stein, aus Staub
schenke mir ein Kind!
siehst du meine welke Gebärmutter, Maria?
lass dort einen Samen gedeihen
lass ihn durch meine Kehle in den Himmel wachsen
lass niemanden sagen
Fatma sei erdenlos von der Welt gegangen

ich höre ihre Gebete, reinige mich im Fluss des Teufels
packe die Taschen voll mit Wehen
laufe zu meiner Geburt

in der Brandung
auf dem Mutterkuchen bauen frischgeschlüpfte Schildkröten
ein Karussell aus Grashalmen

ach, dieses Gefecht der Wellen …

alles ein Traum

der Traum blieb der einzige Zeuge
nur er sah, wie die Wolken den Berg flachlegten
ich und der Himmel
wir haben uns entkleidet, wir haben uns geliebt
haben uns einander Wunden zugefügt
im Nachhinein zog ich das schwere Gewicht
der gefrorenen Zweige
über meinen bellenden Schoß

nur die Wolken weinten
über das Ersticken der heulenden Stimme
des unbändigen Bastards

ein Gebetsruf über Mesopotamien

ihr Kraniche Räuber der Lüfte
in allen verdammten Städten bin ich euch nachgefolgt
auf allen sieben Schichten der Erde
hab ich meinen Kummer festgestampft
vor allen roten Wassern hab ich mich verbeugt
in allen Sprachen bin ich entmündigt
wer soll nun um die welke Rose trauern …

sagt dem Abel, die Gazelle am Rücken des Zauberbergs
holpert verträumt von einem Felsen auf den anderen
sagt der Mutter die ihre Stimme in Feigenblätter gewickelt hat
auch dieser Schmerz wird sich eines Tages in Staub verwandeln
die Lichter werden zurückkehren in die Nacht des Ostens

Lieder hab ich gesungen, hinter allen Schwärmen
meine Zunge: der glühende Amboss
meine Zunge: der eiserne Stahl
meine Zunge: der schwere Hammer

ihr, Kraniche, Räuber der Lüfte
holt den Verstand aus der dunklen Grube heraus
holt ihn aus der Kälte aus der Kälte …
ein Sturm soll durch die Gipfel ziehen
die Betten der faulen Götter umwerfen

in Marmorstädten irrt eine Erinnerung
mit einer Sense in der Hand umher
versucht die Warzen Mesopotamiens zu treffen
die glühende Schuld
fällt auf den Buckel aller Märchen

Kraniche, ihr Wegweiser der ungeborenen Kinder
kommt her und zieht das erbärmliche Gebet
aus meinem trockenen Mund

nun öffnet, nun öffnet, nun öffnet
alle Hähne …
ach, wo sind die starken Männer geblieben …

antike Tirade auf die Gegenwart

seltsam, hier riecht es immer noch nach Sehnsucht,
seltsam, hier riecht es noch nach Seelenfall
seltsam, die Zeit
seltsam, der Ort

jeder Geruch des Sterbens blüht nun in unserem Gewebe
traust du dir den Freispruch zu?
der Schleier in den Augen der Verführer
traust du dir zu den versprochenen Aufbruch?

schönere Zeiten sollten auf uns warten, so war die Verabredung
wie leichtgläubig wir uns an die Worte klammerten
später haben wir es gesehen, man hat es uns gezeigt
traust du dich noch zur Flucht?

seltsam, die Zeit!
der willkürliche Tanz der Achse
bis zum Schluss sollten noch unzählige Abschiede geduldet werden
bis zum Schluss: unzählige Urteile auf unserem Kragen
warum hat man uns das verschwiegen
warum mussten wir es im süßen Traum erfahren
auf unseren Festen, auf unseren Hochzeiten wird das kalte Messer
aufs Neue geschliffen …
traust du dich noch eine Klage zu beflügeln?

wir wollten uns lieben, die Haut mit nassen Lippen wärmen
in unbenannter Erde wollten wir zu einer Weide gedeihen
die Lust aufschlagen unter allen Schichten des Himmels

das Tier gewöhnt sich an alles, auch an den Tod, auch an den Tod
beim Warten in dunklem Schacht
fütterte unsere Angst den Dämon
nun sind wir Gefangene des eigenen Fleisches
wälzen haltlos in Schlammstuben
besitzen den goldenen Dreck, o unser Königreich, unser Reichtum!

traust du dich jetzt
einen Blick zu werfen
auf die Anmut der Seerosen …

die Wasser fließen, die Wasser fließen

die zerraspelte Erinnerung aus Ionien:
in meinem Schoß hinken, kreischen, blühen, verblühen
die Anemonen
in meinem Schoß
leuchtende Kussflecken

"bald mein Kind, bald komme ich dich holen"
so die Lavendelstimme der Mutter meiner Mutter,
wenn sie an ihre Mutter denkt
ihr Gesicht, verdeckt von einem Leinentuch

seit 93 Jahren sitze ich nun auf diesem kalten Stein
seit 93 Jahren umarme ich denselben Baum
seit 93 Jahren lispelt meine Zunge ihren Namen
Ayşe, Ayşe, Ayşe, Ayşe …
so rufe ich zurück in den Rauch ihrer Stimme …

das Echo der betrunkenen Pappeln:
"sei still, unerzogene Krümelsammlerin"
"deine Mutter, deine Mutter"
"deine Mutter liegt auf der goldenen Platte"
"die Götter feiern ihre Orgien"
"durch ihre Schenkeln marschieren Soldatenstiefel"
"sei still, sei still, sei still, sei still …"

ich hab sie doch gesehen, im Nebel, in einer Kutsche
haltlos saß sie, ihr Gesicht, ihr Gesicht:
eine Pusteblume …

in meinem Schoß hinkende Raupen
den kalten Stein würde ich zu Staub zermahlen
wenn ich nur wüsste
wo man sie hingebracht hat
haltlos sitze ich und warte nun
mein Gesicht, verdeckt
von den geflochtenen Haaren Medeas …

Libretto für den Dreschplatz

unter meiner Haut der Meeresboden, gesunkene Eroberungen. der Abschied lehrt Widerspruch in Fremdsprachen. aus dem Zucken des Fleisches gedeiht ein Schmetterling. laufe auf geflickten Asphalten: von einer Tür zur anderen. die verstimmten Schritte träumen vor rostigen Schlössern. die Fenster, verkleidet mit untröstlichen Fossilien. "dulden" ruft die Mutter aus der Küche. die Fenster, welcher Wind wurde hier zur Faust? wer hat die Scherben weggefegt? und wer hat die Treppen in meinem Bild ausradiert? "du hast uns deine Stimme überlassen" rufen die Mandelbäume "aber wo, aber wo ist sie jetzt". stolpernde Kutschen ziehen durch das Dorf, von Weitem hört man die Tanzmusik. der Waisenjunge tanzt allein auf dem Dreschplatz, die Weizenkörner garen in Schweiß. seine Schuhe gehen auf. im Schnabel der Schwalbe hängt das rote Hüftband der Braut. egal welche Sterne in der Nacht glühen, die ahnungslosen Mädchen träumen von ihrer Hochzeit. mit Träumen kneten sie ihre Brüste weich. im sauren Teig erlöschen die Utopien. diese zungenlosen Orgien. auf den Mauern der Leimhäuser zeigt Anatolien seine Erotik! das geschmolzene Blei implodiert im Brunnenwasser. der unersättliche Hunger des Brunnens ist der beste Schmied … hinauf auf die Hügel steigt der Waisenjunge. mit brennenden Zehen bürstet er sein Verlorensein. die Mohnblüten haben es ihm versprochen: mit ihrem samtigen Gewand werden sie ihm die Kindheit heilen. er glaubt an die Mohnblüten. ich auch! ich auch! hinab vom Hügel schaue ich auf die hin- und her wehenden Gardinen. lass meine Spuren, lass die Scherben in Ruhe! auf meinen Spuren ruhen verflogene Staubwolken. wieso Papa, wieso weine ich jedes Mal, wenn ich nachts am Bett meiner Kinder sitze? diese Flüsse hinter rostigen Schlössern, hinter Leimwänden. du fragst nach deinen Schuhen. jetzt, auf demselben Dreschplatz suche ich nach deinen Schuhen.

knote deine Zunge
und folge diesem Mann
nimm deine Jugend, deinen Koffer
und geh nach Almanya
rette mich
rette deine Brüder
du musst dich jetzt opfern, Fatma
höre auf deine Mutter!

der Koffer

ich saß im Zug, zwischen meinen zitternden Beinen zitterte der Holzkoffer. diese Fahrt war mein Schicksal. es durfte kein Zurück mehr geben. es gab auch kein Zurück. nach 3 Tagen / 3 Nächten stand ich am Bahnsteig mit dem zitternden Holzkoffer zwischen meinen zitternden Beinen. da fing es an mit sprachlosen Ankünften. zuerst der / mein Mann, dann der Ruß der Bergwerke, die Nachkriegszeitmöbel, die stehende Kloschüssel, das alte Radio, *Schweigen*, die wundblühenden Lieder, der schwarze Kasten, die Barfüße von Heidi, die Schuhfabrik, die Akkordarbeit, *Schweigen*, der erste Lohnstreifen, der Adler auf den Geldscheinen, *Schweigen*, das Fotostudio (Lebensbeweis für die Zurückgelassenen), die Teppichfabrik, *Schweigen*, der Protest der Eileiter, weiße Nächte, geweihte Tränen, der Rost der Bettfedern, *Schweigen*, die Pleite des / meines Mannes, Doppelschicht, *Schweigen*, die Leere meiner Hände, Kinderkleidergeschäfte, gesparte Pfennige, ausgegebene Sehnsucht, 10 Jahre, *Schweigen*, 2 Arbeitsstellen, Erdbeerfelder / Spargelfelder, VW-Bus, 1. Operation, *Schweigen*, 14 Jahre, Dinçer, die 2. Pleite des / meines Mannes, 16 Jahre, Özgür, Kinderkleidergeschäfte, gesparte Pfennige, ausgegebene Sehnsucht, 20 Jahre, Mercedesfabrik, 2. Operation, *Schweigen*, erster Arbeitsunfall, das *Schweigen* der Gewerkschaft, 3. Operation, *Schweigen*, die Kneipe des / meines Mannes, Putzarbeit, 3. Arbeitsstelle, 2. Arbeitsunfall, 89 Wirtschaftskrise, Angst, *Schweigen*, 1. neue Möbel, *Schweigen*, 4. Operation, 25 Jahre, 5. Operation, *Schweigen*, 30 Jahre, 7. Operation, 35 Jahre, 11. Operation, 40 Jahre, *Schweigen*, total arbeitsunfähig, kleine Rente, 42 Jahre, der Tod des / meines Mannes, *Schweigen*, 13. Operation, die Chronik meiner Geschichte ist ein Gastarbeitermuseum: Röntgenbilder meiner Knie, Arme, der Eileiter, meines Rückens, meiner Hüften, *Schweigen*, es durfte kein Zurück mehr geben, nein, kein Zurück mehr geben, es gab kein Zurück …

und so zählte sie die 45 Jahre!
in ihrem Atem
das Rascheln der Pappel
in ihrem Atem
der Hennaabend der Heimat
die verkrüppelten Schmetterlinge
schlüpfen in ihre weißen Larven
ziehen sich zurück
in die eisernen Kokons
in leeren Gängen
weht das Geflüster meiner Mutter

die werden mir wieder weh tun ... *Schweigen*
Dinçer, weißt du, wie alt Heidi geworden ist?

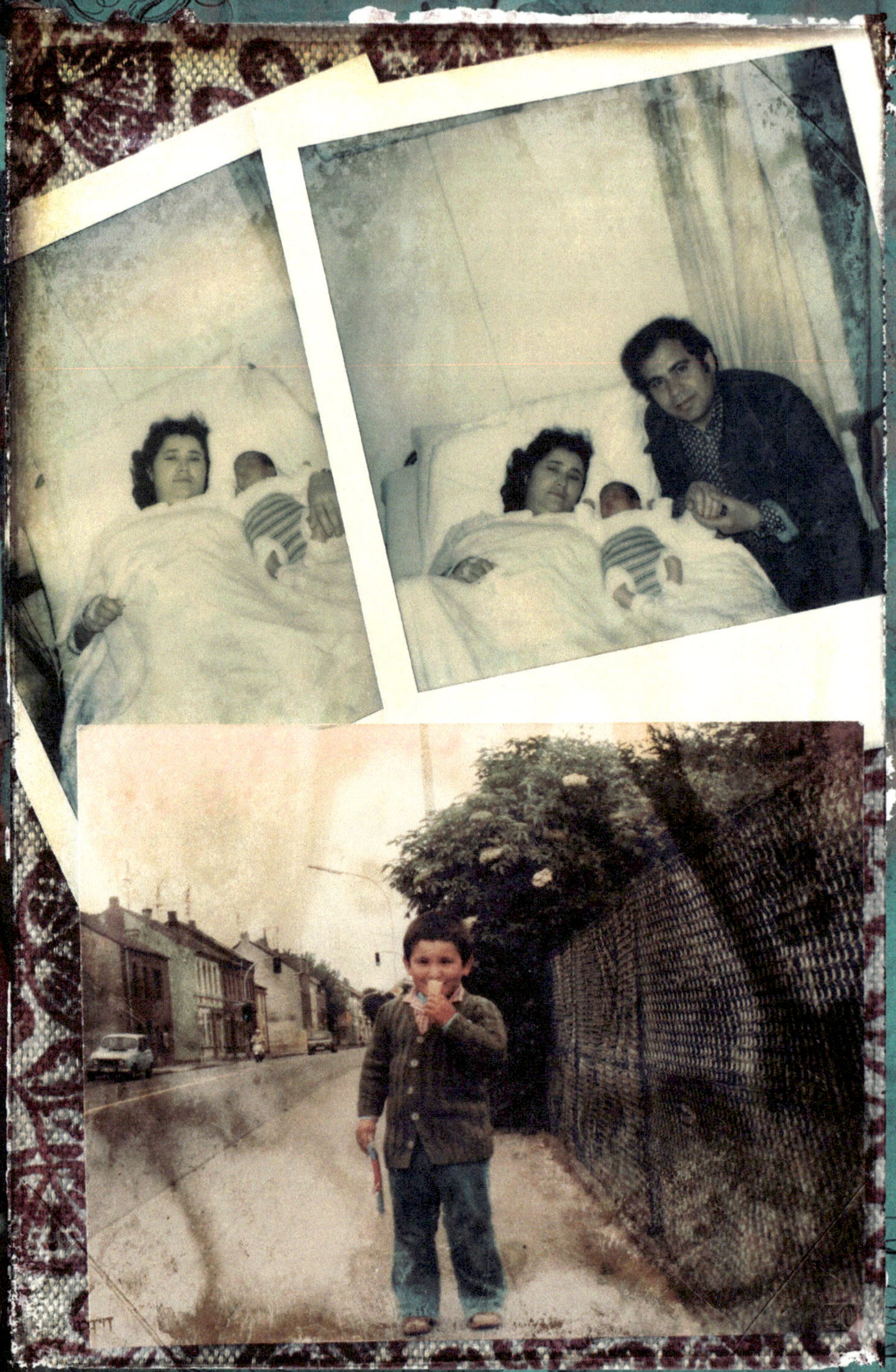

ich erinnere mich an den Jungen,
den Jungen mit der grünen Strickjacke ...

der Junge in weißen Nächten

hör zu … aus der Weite wehen rosige Stimmen hierher
geschmiedet auf Saiten einer schweigsamen Harfe
55 Frauen sitzen am Rollband, 55 summende Gesichter
auf allen Häuten wächst der Rosenbaum durch 55 Jahre

hör zu … in der Ferne schnitzen Männer mit Eiszapfen
eine neue Heimat aus einer verstaubten Landkarte
mit ranzigem Schweiß auf fassschweren Stirnen
befruchten sie die Angst mit entschwundener Sprache

hör zu … auf weitem Rasen spielen unerzogene Kinder
unter ihren Unterhemden an Wollfäden hängende Abendruhen
pass auf … pass auf … so befehlen die Älteren immer:
er ist Gold wert! ein Haustürschlüssel kostet hier 2 Überstunden

dann: im Schoß der Nacht findet jeder seinen Traum
jeder Mann findet Muhammad Alis Boxhandschuhe
jede Frau schlüpft ins Tüllkleid von Sophia Loren
an Monatsenden wird wild gevögelt: in Pyjamas
mehr Erotik verträgt diese Heimat nicht …
im verriegelten Gestöhne will sich die Lust nicht verraten!

und die unerzogenen "Viecher" schlummern in Metallbetten
bejubeln auf der Milchstraße die Kampftechnik von Bruce Lee
mehr Vollmond erträgt diese Nacht nicht …
unterm losen Gummiband der Unterhose darf sich keine Wunde verraten!

der verirrte Pfau klopft in der Morgendämmerung ans Fenster
jeder weiß: eine Brotdose kostet hier 3 Überstunden
aber dafür ...
haben wir doch die gesammelten Nylontüten unter der Spüle
in der Ferne wird ein neues Lied gesungen ... hör zu ... hör zu ...
nimm deine Glut und fließe ... fließe ins verblendete Kühle ...

der Junge im Blaumann

die Kälte der Bahnhöfe: die verrostete Schere
die glimmende Zigarette: die rebellierende Heftnaht
die tagträumenden Wagons: die hinterlassene Nabelschnur
hier beginnt die Erkundung einer neuen Sprache
hier enthäutet sich das gezupfte Gedicht einer Taube ...

mit durchgestrichenen Gesichtern *komm komm* durch das große Tor
zweiundachtzig Flügelschläge *komm komm* bis zur Stempeluhr
und nochmal dreiundzwanzig *komm komm* durch taube Hallen
dann der letzte Kurzflug *komm komm* durch den eisernen Flur

der Staplerfahrer kommt von der Dusche, sagt leise "morgen"
öffnet seinen Spind, entsperrte Brüste und Mösen lächeln ihn an
das enge Tuch fällt, die Nachtschicht liegt nun auf dem Boden
sein hängender Rüssel hustet die verstaute Lust hängt am Kran

komm Vogel! ruft 10 vor 6 die Uhr, hüpfe in das blaue Gefieder
verhülle das Zerbrechliche, dieser Himmel lehrt dich neue Winde
geh an die Drehbank 630, beflügele die Späne, singe deine Lieder
dieser Himmel lehrt dich die Zukunft, Junge! suche und finde!

über blütenreiche Zäune *komm komm* über den wilden Hintergarten
vierzehn Akademiejahre *komm komm* Brutstätte unter Metallflocken
tilge die Schulden *komm komm* in allen Nestern verschwiegene Raten
die feuchte Unterhose sollst du *komm komm* in tiefen Lüften trocknen

die Fluchtjahre im festen Stamm: die schwere Axt
die mit Gräten verwobenen Gewebe: der geschwängerte Riss
das überschwemmte Elternhaus: die wildfruchtduftende Fremde
hier beginnt das Wandern der alten Sprache
hier endet der gurrende Schatten einer Taube ...

der Junge ist heute Vater
"singe deine Lieder, die Welt soll schlafen"

jeder blutet in seinem Wissen, jeder ist ein Fremder seiner Stille
so sind die Zeiten, beschnitten in versetzten Kreisen
sind uns die Staubwolken des verlorenen Paradieses geblieben
glätte den Hals mit Mohnöl, entfalte das Verborgene, singe!
verbiege die Gitter der Scham im Wind der Drachenfeste
lauter, immer lauter ... alles Ewige ist nur geliehen
alles Böse tarnt sich in benebelten Lüften
mit penetranten Düften
halte dich fest an der Mähne der Lust
sei Wirbel, sei Flut, sei die Überflutung
finde im wütenden Meer
die neunbrüstige Brandung

höre auf deinen Papa: sei ein Schmetterling, finde die Blütenlichter
nimm nicht den gleichen Weg, aber höre auf den verlorenen Dichter
im Schutz des Decks sah er das Versinken der gestundeten Revolution
er sah, wie seine Jugendhelden zu Krüppeln wurden
sah, wie große Heldensprüche im Hauch einer Ameise versagten
höre auf deinen Papa: nimm das Kind, das ich dir hinterlege
warte nicht auf bessere Zeiten, nie auf das milde Wetter
springe auf den Schlitten, spalte den Schneesturm
ruhe nie im süßen Apfel, die Messer sind scharf
ach ... die Messer! sei nie der leichtgläubige Wurm
sei Schnitt, sei Schlitz, sei Wunde
heile dich mit eigenen Liedern
in der Röte des Morgenlichts

mehr darf ich dir ...
mehr will ich dir nicht sagen!
auf diesem vielschneidigen Weg ist vieles möglich
und falls du eines Tages nach mir suchen solltest
- was ich nicht hoffe -
der verlorene Dichter
geht immer noch auf den gleichen Strich ...

im Lunapark

Papa, du hattest mich mal verloren
in meiner Hand die Kälte der Bordsteine

Papa, wie laut hast du meinen Namen gerufen
in meinem Herzen das Pfeifen der Dattelbäume

Papa, wo warst du in verknoteten Straßen
unter meinen Füßen die Stachel des Himmels

Papa, alle Könige sind Arschlöcher, wusstest du das
in meiner Nacht wachsen berghohe Brennnesseln

Papa, fremde Männer beugten sich über meine Stimme
in meinem Traum das schmierige Röcheln

Papa, später hast du die Mama belogen
ich war hinter dir, nur nicht so schnell wie du

Papa, 30 Jahre sind es her, und heute, in meinen Ohren das zerstampfte Schweigen der Welt. wie gesagt, alle Könige sind Arschlöcher, Könige lieben Kinderfleisch, Könige haben krumme Schwänze! in meinen Ohren die verschleierten Schreie aller verlorenen Söhne. auf meinem Globus fehlt eine Stadt. die neue Zeit hat die Erinnerung neu getauft. sie heißt heute Osten

der Schlaf im Karussell

in blendenden Neonlichtern
die Revolution der Wildblüten

Papa, diese Ohnmacht
schlägt den Sieg gegen die Stadtmauern
der Sieg:
in übelriechenden Gassen der Stadt
wandelt er sich zu einem Chipverkäufer

er wirft den schweren Mantel über die Schulter
er wandert, er wartet
auf demselben Perron
er will die Schienen verkleiden
mit Polaroid - Fotos

hinter dem Bahnhof lässt Aragon sich von Burschen vögeln
in seiner Tasche klirren die Perlenketten von Elsa

im Hof der Zeit
ein Berg mit gebrochenen Flügeln
und was jetzt, Papa?

die Rücksendung

mit knirschenden Glasmurmeln in der Tasche
stand ich mitten im Terminal
bis die Durchsage meine Hände erlöste
Achtung! Achtung! Herr Güçyeter, kommen sie bitte zum Schalter 5!

am Schalter 5 drückte mir die Dame den unleserlichen Schein in die Hand
sie können ihr Paket da und da / so und so abholen

so und so bin ich gelaufen, da und da war ich
gab der Dame hinter der Glasscheibe den unleserlichen Schein
warten Sie einen Moment, die Männer holen das Paket

nach 10 Minuten kam er, auf den Schultern von vier Männern
meine Majestät, in seinem Himmelbett, mit einem Wedel in der Hand
an seinem schmunzelnden Mund hing die lange Apfelschale
keiner will es glauben: er konnte die Äpfel in einem Zug schälen

hinter mir hörte ich
wie das Kind von seinem blauen Fahrrad sprang
und mit einem Hammer den herrenlosen Sarg zerlegte
keiner will es glauben, aber ...
der Tod eines Vaters ist die zweite Geburt des Sohnes

Konzert für Kinder und Nächte

I

- Die Stimme, die vom Minarett fällt, kann zum Spinnennetz werden, rief der Schatten.

- Fang nicht schon wieder damit an. Alle Stimmen sollen verstummen, auch deine. Der Himmel soll verstummen, rief die Rose zurück!

ben hangi dağın dumanıydım, hangi dağın dumanı
o kuğuyu nasıl büyütebildim sağ avcumda
sustum taşlıktan taşlığa, sustum
gecenin masalına, annemin ağlamasına
sustum ayvanın daldan düşmesine
sağ elimde bir kuğu büyüttüm... dil dil dil
aynamı çizen geçmişi köstekle kazıdım
dilimi soktum köze, hevesi köz ile dağladım.... lal lal lal

- Wie klangvoll diese Stimme ist. Als ob die verruchten Seelen in heiligen Bädern aufs Neue gesegnet werden. Wenn man nicht Zeuge all der Massaker wäre, könnte man dem Wunsch folgen und die Stirn auf den Boden legen, die Gebete sprechen, flüsterte der Schatten.

- Alle Gebete sollen verstummen ... alle Götter ... alle Schreie, flüsterte die Rose zurück!

II

- Diese rosenduftende Stimme, die die schlafenden Blüten des Glaubens zum Gedeihen erweckt. Diesen ergreifenden Klang des Flötenspielers aus den Kinderbüchern höre ich wieder. Hinter diesem Klang marschierten die Kinder her und kamen nie wieder, schwieg der Schatten.

- Alle Märchen sollen verstummen. Auch der Flötenspieler … die Kinder soll man festhalten. Sie dürfen nicht in die Nacht marschieren, schwieg die Rose zurück.

benim o, benim o, o benim … dam üstünde anadan doğma
yıldıza aya çalım atan huysuz, benim o
tanrıya ağzı bozuk mektup yazan
gülüşü bağ bahçe, el yazısı hazan
balçıktan kale dikip, taşı kurşun kalemle yontan
gizli bir sokakta köpeğine çomak atan
taşlıktan taşlığa atlayan benim o
peki ben o kuğuyu nasıl büyüttüm sağ avcumda …

- Die Stadt ist nun leer. Die Mütter und Väter suchen nach ihren Kindern. Die Kinder, sie sind verschwunden wie der Nordstern am grauen Himmel, flüsterte der Schatten.

- Findet den Nordstern wieder! Alles andere soll schweigen. Die Minarette, die Mauern, flüsterte die Rose zurück …

III

- Auf einmal … auf einmal … im Echo dieser wunderbaren Stimme, rief der Schatten.

- Die Engel sollen verstummen … die Bücher … und Du! Du auch! Du Schreier der unheilbaren Wunde. Sei still! Sei still! Sei still! Alle glauben, sie hätten von allem Ahnung! Jeder ist der Priester in seiner Kirche … und alle sind einsam, rief die Rose zurück.

- All diese allwissenden Großkotze, diese billigen Werte, murmelte der Schatten.

- Jeder ist der Strom in seinem Fluss, murmelte die Rose zurück.

ben hangi camın çatlağıyım, hangi camın çatlağı
kaç kesiğe tülbent sıktım azı dişimle
siklenen zamanın hadımıydım cılız sesimle
anlattım, anlattım şeytanıma sevabı
meleğime günahı, anlattım bıkmadan
yatağın soğuğuna mıhlanan tenime
anlattım ateşin oyununu, anlattım kilidin küfünü
dalgasına kafa tuttuğum denizin kafese dönüştüğünü

- Jeder ruht geschützt in seinem Flussbett, klagte der Schatten.

- Jeder ist Dichter, Revolutionär … jeder hat eine Religion, einen Staat, eine Philosophie … Schrecklich, klagte die Rose zurück.

- Und wir? Wir suchen in allen Ecken dieser Stadt die entschwundene Heimat, schwieg der Schatten.

IV

- Schlaf, Kindlein schlaf … draußen rauschen die Wälder, die Pappelzweige erzählen ein ungehörtes Märchen. Und du bist der Prinz dieses Liedes. Der unbefleckte Held des Mutterherzens. Die Vögel ahmen zwitschernd deine Stimme nach, die Sonne zähmt ihre Strahlen auf deiner zarten Haut. Nun, stehe auf! Dein Weg ist steinig. Und du bist nicht schuld. Schlaf, Kindlein schlaf, sang der Schatten.

- So ist es also! So ist das Gesetz. Die Kinder müssen auf diesen Wegen verloren gehen. Wozu dann dieses Pfeifen der Straße, wozu die ganzen Märchen. Da kommt etwas Wildes und zerschneidet die zarte Haut. Wozu dann die ganzen Hymnen, die ganzen Lieder. Verbrennen sollen alle Flaggen, die Erde soll austrocknen, alles soll zu Asche werden, sang die Rose zurück.

anlattım haliçten geçen iki yunus balığına
başucumda uğuldayan elli yıllık yabanı
benim o, cehennemin kapısına dikilip işeyen
gecenin bungunluğuyla kirpiğini bileyen
kendi etini kendi kuytusunda çiğneyen
bisikletinin sepetinde papatya saklayan
taşlıktan taşlığa atlayan benim o
peki ben o kuğuyu nasıl büyüttüm sağ avcumda …

- Die Stimme, die vom Minarett fällt, kann zum Spinnennetz werden, rief der Schatten.

- Fang nicht schon wieder damit an. Alle Stimmen sollen verstummen, auch deine. Der Himmel soll verstummen, rief die Rose zurück!

alle Welt wollte Frieden
und schickte die Welt in die Flucht ...

Flüstern der
die
Palais

an Eleni Karaindrou

der Aufruhr der trojanischen Frauen

denn wir
wir kennen die Räuber
wir kennen die Beute

zu oft pilgerten wir in die Sünde des verschwiegenen Wortes
zu oft sprangen wir über die Zäune der Massengräber
zu oft sangen wir auf dem Schlachtfeld der Narren
unsere übersalzenen Lieder

an unserem Hals die kaltgeschmiedeten Feuerringe
und jedes Mal, wenn ein Boot im Mittelmeer sinkt
rinnen aus unserem Schoß die Kadaver der bunten Schmetterlinge

denn wir
wir wissen
das Onanieren in Beichtkammern ist keine erfundene Geschichte

Dörfer aus Schnee

unter den Dachrinnen hängen Maiskolben
Knoblauchknollen, Staubzapfen, weltvergessen
laufe über gehäufte Steine
neben mir das weiße Pferd
ein Wesen aus einer anderen Zeit
im Schnee, im Schnee ... ein ewiges Dulden

auf dem roterdigen Weg zu stillen Feldern
gehe ich langsamen Schrittes, weltvergessen
die Sträucher mit stacheligen Lippen entlang
vor mir das weiße Pferd
ein Wesen aus einer anderen Zeit
im Schnee, im Schnee ... der Brand der Hufe

gestrandete Kinderschuhe

ein Bund Himmel
hab ich dir unter den Nacken geschoben
wo flattern jetzt die Schmetterlinge?
wo fliegen die feurigen Vögel
die einst die dunklen Höhlen
der Berge mit Licht besangen?

in meiner Faust
dein vom Südwind gekämmter Atem
wo verstummen nun die Wiegenlieder?
die Stimmen: die Flammensprösslinge
auf Feldwegen
die den Gaumen in Brand stecken?

das Salz zwischen deinen Zehen
enthüllt die Lügen der Zeit
wohin fließen nun die Tränen
wo heilt man die Brandflecken auf den Lidern?
und die nassen Knoten deiner Schuhe
die Zeugen tausender Untaten
wohin damit …

ach, Rotkäppchen

"Frieden, Frieden, Frieden …" rufen gesichtslose Gestalten in den Wald

höre nicht auf diese Stimmen flüstert mir der Maulwurf aus der Erde zu / nur du und ich hören diese Stimmen und die abgeholzten Stämme / nur du und ich / der Rest wird gleich seine Autos polieren / eine neue Versicherung abschließen / lichtfremde Stücke von Tieren in Plastikbeuteln nach Hause tragen / sie werden Zeitungen mit Anzeigen der Rüstungsindustrie lesen / wie überfütterte Tauben aus ihren Nestern fallen / und immer wieder glauben:
ihre Stimmen umarmen den Äquator und das Brot auf dem Tisch wird weniger /
sie machen sich Sorgen / Sorgen um das eigene Brot / um die Marmelade!

die Nächstenliebe trägt Nuttenschminke im Gesicht / zwischen den Reißzähnen der Leichtgläubigkeit bluten die Worte dieses Gedichtes aus / die Gebete deiner gestohlenen Stimme sind nur noch Holzwolle / nur noch Füllmaterial für das Edelmetall in der Panzerfabrik / vergiss nicht / vergieß nicht / überfütterte Tauben träumen von Getreidekammern …

"Frieden, Frieden, Frieden …" rufen gesichtslose Gestalten in den Wald

der Bauch des Himmels ist schwer
der Bauch des Himmels ist mit Steinen gefüttert

nimm Platz!

es ist mein Gesicht, meins, meins, meins
es will was sagen, es schweigt
es verschweigt die Wehen einer wilden Rose
es verschweigt die Wellen des sauren Atems
es verschweigt die Höhen eines Falken

der Mund, dieser besetzte Kontinent meines Gesichts
ach, die Kühle der verlassenen Fremdenzimmer
an ihren Gardinen der Schenkelgeruch junger Männer
junge Männer, gereift unter der Sonne Homers
frisch und wässrig wie das Melonenfleisch

es ist mein Wort, meins, meins, meins
es will was sagen, es schweigt
es verschweigt das Enthäuten der Frühe
es verschweigt das Fauchen des Blutes
es verschweigt das Stöhnen des Sands

Ophelia à la turca

Monolog der Mutter

sie war erst 12
ein alter Wolf hat sie entjungfert
hat sie geschlagen
geschlagen und gefickt!
sie hat nach ihrer Mutter gerufen
die Mutter hörte die Stimme ihrer Tochter
die Mutter wusste
sie hatte ihr eigenes Schicksal ihrer Tochter übertragen
die Mutter trug im Krug das Wasser ins Heim
die Mutter backte das Brot für ihre übrigen 7 Kinder
die Mutter dachte an ihre Tochter wenn sie todmüde in den Schlaf fiel
der Vater spritzte seinen Samen weiter in ihre Scheide
die Mutter trug den Frost der Nacht auf ihren Wimpern
die Mutter wusste
irgendwann wird ihre Tochter nicht mehr weinen

Monolog der Tochter

ich war einmal in einem Land der Märchenerzähler / sie kannten jede Zeremonie des Todes / jedes Geheimnis des Lebens / meine Mutter kämmte mir fein das Haar / oft bin ich von Kirschbäumen gefallen / auf meine Wunden hat sie Heilerde gelegt / an einem trüben Mittag, als ich den Zugvögeln meine Hirtenlieder sang / schleppten sie mich ins Haus / sperrten mich in ein Zimmer / aus der Ferne hörte ich die Trommeln / sie wurden lauter immer lauter / dann kam er herein / er schaute mich an und griente / ich sah seine faulen Zähne / ich weinte / er riss mir das Kleid vom Leib / ich schrie / er ohrfeigte mich / ich weinte / ich spürte den glühenden Dolch in mir / ich weine nicht mehr

einmal / einmal / meine Mutter sagte mir einmal / jeder Tropfen findet sein Meer / jeder Staub seinen Berg / heute weiß ich es ist gelogen / weder der Tropfen findet sein Meer noch der Staub seinen Berg / ich reihe mir eine Kette aus verhafteten Geschichten / nähe mir ein Kleid aus Sternschnuppen / beobachte die Kinder / wie sie die Frösche am Teich aufblasen und zerplatzen lassen / wie sie auf die staubige Straße scheißen / wie sie feiern wenn Busse durch die Haufen fahren / ich beobachte die Kinder und denke / irgendwann werden diese zu Wölfen wachsen / ich spüre den glühenden Dolch in mir / ich weine nicht mehr / jeden Tag gebe ich mir einen neuen Namen / ich weiß / die Welt hat größere Sorgen / diese enge Welt

der Osten auf dem Schaukelpferd

es gab ferne Dörfer / wusste ich vorher nicht / von Nebelschleiern überwacht /
mit dem rechten Flügel hab ich sie berührt / die Seele ist nun ein zügelloser Wind /
ich sah die Frauen dort / sehnsüchtig nach ihren Männern / ich sah die Kinder /
ihre Drachen vom Himmel gefangen / bis zu den Knien im Schnee im Matsch /
ich sah die Häuser / den abblätternden Kalk der Wände / die Häuser / Selbstbildnis
der Fremde / die verankerte Blässe des Rosengartens auf dem Samt / egal welches
Meer ich in mich verfrachte / das salzige Wasser kerbt die gleiche Wunde ein / die
Löcher des Siebs werden größer Tag für Tag / das rinnende Wasser schmeckt nach
bitteren Disteln / vorm dürren Verstummen bleibt die Zunge der Wundenheiler

die verwehte Freude säte den letzten Samen / trotz verseuchter Erde hat er sich an
ihr festgehalten / jetzt / die Zypressenpflanzen so lang wie Storchenbeine winken
den Mühlen zu / das alte Blut verjüngte sich an einem Nachmittag / im milden
Grasgeflüster / zu drei Schichten hab ich die Zunge gefaltet ... Yılmaz ... Yılmaz
... Yılmaz ... / so wie die Hoffnung in der eingestürzten Geschichte nach winzigen
Luftporen sucht / so nagt der windelfrische Wille am hängenden Gewebe der Brüste /
der Wirbel im Bett / der Riss in der Wand / der Rost am durstigen Hahn / zusammen
liegen sie in der Maihitze / singen das Wiegenlied gegen die taubmachende Stille

hab es vorher nie erlebt / können Spiegelungen wirklich den Glauben täuschen /
hätte es nie gedacht / wie können die Berge die Flüsse entwurzeln / es passiert
/ du kannst Schicht auf Schicht Verheißungen in alle Ecken stellen / ein blinder
Windschlag kann alles wieder zerstreuen / es passiert wohl / trotz der festen Netze
kann die Seele haltlos werden / trotz der fehlenden Reife können die Mähdrescher
die Ernte schlucken / wie ich das alles gesehen habe? / ich: ein Grashüpfer / hatte
mich zwischen Felsenriffen versteckt / trübe Flüsse mündeten auf meinen Zehen
/ die Wasser schlugen gegen das Verstummen der Welt / die scharfen Kanten des
zerbrochenen Kruges ängstigten die scheuen Fische / ich sah es / das Gesehene will
dem Verstand sprachlos bleiben

Können die Spiegelungen wirklich den Glauben täuschen?
hätte es nie gedacht – wie können die Berge die Flüsse
entwurzeln / es passiert / du kannst
Verheißungen in alle Ecken Stellen
Windschlag kann alles wieder zerstreuen
Es soll Schaukelpferd heißen
Kein Bock mehr / später
YILMAZ

ich bog in eine Seitengasse ein
ich sah ein Flüchtlingskind
ich hörte eine Geschichte

ich kenne die Namen der Männer nicht mehr / ich weiß nur / sie haben ihre Kutschen über meinen Körper gelenkt / meinen Körper / meinen Körper / den gefrorenen Acker ... / die Unterhemden, Mutter, hast du mir falsch über den Kopf gezogen / die Naht sollte sich nicht an meiner zarten Haut reiben / der Schlitten unter meinem Bett hat auf dich gewartet, Mutter / in Nächten, wo mein Fieber bis zur Decke glühte / trugst du mit deinen Blicken kalte Flüsse ins Bett / klopftest an die Nachbartüren / kamst mit roten Kirschen zurück / immer zwei am Zwillingsstiel / immer zwei
Schmuck gegen die Kälte
Schmuck gegen die Kälte

wenn ich einschlief / hast du mit gespreizter Hand meinen Körper vermessen / wenn mein Kind groß ist / wenn mein Kind groß ist, wird mein Kind nicht an fremde Türen klopfen / wenn mein Kind groß ist, wird mein Kind nicht am Fenster / bis in die Morgenstunden / seine Blicke in die Ferne richten / dein Kind, Mutter, ist groß / dein Kind, Mutter, ist eine Frau geworden / dein Kind, Mutter / verzaubert unerfahrene Jungs in unbändige Kutschenfahrer / dein Kind, Mutter, wärmt die Fremde der verlorenen Körper mit seiner Haut / ich kenne die Namen der Männer nicht mehr / es waren viele / viele Männer kamen durch diese Tür
ohne Kirschen
ohne Kirschen

mit eigenem Fleisch hab ich die Scham getilgt / die dreitausendjährige
Geschichte des Weibseins hab ich mit Flocken in die Luft gebrannt / siehst du
deine Tochter, Mutter / senke nicht die Wimpern gegen den Sturm / senke nicht
die Wimpern ... / egal wie schwer es ist / der Frost ist stark genug den Traum
zu tragen / schlafe du in Ruhe / die Kirschen hänge ich an meine Ohren / dein
Abschied hat mir den Winter auf das Kissen gestickt / mit deinen Blicken werde
ich diesen Acker wieder befruchten / aber hörst du ...
die Wälder werden gerodet
die Wälder werden gerodet

aber hörst du / der Rabe stiehlt der Nachtigall die Stimme ...

Istanbul / Dolapdere / 2016

YR
YENİ
RAKI
anasondan imal edilmiştir
TEMEL %45 (Hacmen)
T.M.

Liebste!
werden wir es wagen
barfuß zu laufen
über dieses Feuer

Flüstern der
die
Palais

Monolog Orient

vor deinem Fenster sitze ich nachts auf einer Straßenlampe,
sehe auf der Kommode die halbe Sesambrezel
die verstreuten Krümel im Hotelzimmer
ziehen einen Strich über deinen grifflosen Koffer

du willst weg von hier, in deinen Augen die verdunstete Ferne
fragst dich wie alt die Tapete an der Wand ist
und welche Geheimnisse
die durchgelegene Matratze birgt
wie viele in diesem Zimmer
eine neue Stadt gesucht haben?
wie viele in diesem Zimmer
unter ihren Narben sich verliefen?

in der Luft die Schwere der Baumwolldecke
gestopft mit allen eingesaugten Gerüchen des Körpers
mit hinkender Sehnsucht lehnst du dich an den Fensterrahmen
siehst mich nicht, ich war froh
du hast dem Leben einen neuen Schritt geschenkt
dein Berühren irritierte den Staub an der Gardine

der Chor der Durchreisenden besingt deine Stille,
hörst du?
hörst du die gefangene Melodie?
es ist das Trillern des Fruchtwassers
das gestundete Märchen
meiner Eunuchenstimme ...

das Flüstern der Berge

auf dem morschen Dach
des Stundenhotels
saßen wir mit Ziegelsplittern
zwischen unseren Zehen
gegen die Paläste, gegen die Paläste …

hab dir eine wunde Erinnerung
aus meiner jungen Geschichte erzählt
der haltlose Wind mit verklemmter Stimme
hing nun an deinen Rosinenwarzen
du & ich
wir sind es nicht schuld
wollte ich dir sagen
der Feuervogel der glitzernden Nächte
hat diesen Graben erhellt
wir sind es nicht schuld
der Buckel dieser Stadt
war immer mit Trümmern verkleidet

in unserem Bett liebten sich die Möwen
unter ihren Flügeln
von Wellenbrechern geschliffene
Rasierklingen
wir gossen Tränen auf die zerstampften Nelken
gegen die Paläste, gegen die Paläste …

in deinem Schweigen hörte ich die Stimme
des Mädchens, das vor der Hoteltür unten
auf der Laute
leise ein kurdisches Volkslied schlug
auf die Straße fiel Konfetti
in ihrem Zopf ist ein Geheimnis verflochten
in ihrem Zopf die Spuren der Tabakhändler
die Esel mit Heiligenschein
die herrenlosen Sättel
in ihrem Zopf die zerlegte Krippe
das Flüstern der Berge
in ihrem Zopf die Spuren der Weglosen
in ihrem Zopf die Adlerkrallen von Roboski …

Phönix

in meinen Träumen bin ich der Affenkönig
der unbenannten Slums
rolle die Murmeln gegen die Fabriktore
verfolge die hinkenden Körper
in meinen Träumen
liegen auf meiner Brust
die wunden Lippen von Rimbaud

ohne es zu ahnen, du Schönste
hast du aus mundtoten Entbehrungen
ein drittes Kind geboren
und wartest zwischen zwei Türen
auf seine staubigen Schritte
es kommt
mit entzündeten Schnitten der Welt
mundtot holst du die Watte und die Flasche Raki

du siehst Männer, fürsorgliche Väter
sie bauen Häuser, sie tilgen Schulden
sie kämmen sich die Haare glatt
sie riechen gut, tragen Pyjamas
sie sprechen nicht über ihre Schmerzen, über Konzentrationslager, über verhaftete Dichter, über die Brandwunden von Ingeborg, über verseuchte Zeitungsartikel, über Leichenmuster auf Gucci-Stoffen, über den Knochenhaufen in Modemagazinen, über ihre Kindheit, über den offenen Reißverschluss des Onkels, über die Robbenjagd, über den verflogenen Nordstern, über den Keller der Demokratie, über Cizre, über Nepal, Mongolei, Äthiopien, Jemen … sie ficken blind und essen alles, was auf den Tisch kommt. das Raubtier in mir, meine Schönste, wurde an einem heiligen Ort mit einem Glaspfeil erlegt. es tut mir leid, meine Schönste, es tut mir leid …

in meinen Träumen wälze ich mich in der Asche
der unerhörten Mythen
singe und tanze zu diesem Lied
das mich an deine Blicke erinnert
breche auf und ersticke das Feuer an meinen Federn
am Himmel deines Schlafs
ich fliege höher und höher
auf deinem Augenlid
zuckt
eine erfrorene Schwalbe

das Lied der Ameise

du Sternschnuppe am seidenen Brautkleid
an deiner zarten Wirbelsäule
hängt die Schleife aus Margaritenstängeln

erzähle mir von der Tiefe der Gewässer
vom Nabelduft der Meerjungfrauen

auf einem trockenen Kastanienzweig
hat mich der Morgenwind vergessen
mein aufgebraustes Dichterherz
bleibt die Brücke über allen Flüssen

die Gräser verstummen

die Gräser reiben sich gegenseitig ein mit ihrem Tau
auf dem Gartentisch blühen die Morgenblüten
um das Brandloch meiner Hose
kreisen zwei Maikäfer

welche Erinnerung ich auch aufschlage
deine zitternde Handschrift flickt die Gegenwart
die Sonne küsst meine Brust
mit aufgerissenen Lippen

warte, ich hole das Wundpflaster ...

Rainer Maria Rilke
Ausgewählte Gedichte

und wo?

die Winterabende auf deinem Balkon
die zaudernde Kerzenflamme
auf unseren Schultern die Pascha-Nachtigalle
in deinem Blick die Zeile von Thomas Brasch
"Ich habe mein Ziel erreicht. Ich bin unbrauchbar."
in der Kupferdose Lackritzbonbons …
die Geranien … ja, die Geranien
der Name der Zeit: türkis
unsere Stille … ein himmelumarmendes Adagio …

ich frage und frage wieder: und wo suchst du jetzt deine Jugend?

und wohin?

„hier ist die Endstation
geh und finde den Anfang"
so sprachen deine Blicke
auf deinem Herzen
ein bunter Kranz aus Sauerstoffschläuchen

ich frage und frage wieder: wohin münden die erdenlosen Flüsse?

und noch eine Frage

der Zeit fehlen die Rebellen
dieses Sicheinfügen, die Tagesdecke der Gleichgültigkeit
dieses Schweigen, dieses Schweigen
dieser Axtschlag
verwehende Rinde
jetzt, mein Junge,
müssen wir aus ranzigem Harz ein neues Leben gießen …

ich frage und frage wieder: in welchem Stamm haben wir die Ringe gezählt?

Bambi im Rotlicht

hörst du das Fluchen der Wälder, Bambi
noch ist es nicht vorbei, noch nicht …
dein Zuhause ist eine müde Sprache
sie erwacht wieder, sie erwacht …

ich frage wieder und wieder: wo gibt es noch Platz für Krüppelwörter?

verzeih mir ...

seit ewig lässt das Wild im Käfig seinen Speichel tropfen
nun hat es das Schloss entzwei gebrochen
seine Krallen in dein Fleisch gesät
so sehr nach dir hungrig, so sehr ...
deinen verborgenen Geruch, deine verborgene Verwegenheit
hat es mit lustvollen Bedeutungen verziert

wie groß deine Verteidigung war
so groß war auch meine Lust nach dir!
meine Lust: dem Teufel verfallen
du hättest es nicht verstanden
wenn du mich nur verstehen könntest ...

fremd der samtigen Haut, auf der Suche nach dem Feuer
hast nicht einmal das Kindeshaar gestreichelt
die vergessenen Mauerreste mit deiner Glut verkleidet
hättest du es getan
wäre dieser Winter nie gekommen ...

dieses Urteil hab nicht ich gefällt, ich spreche mich frei
es ist das Flussbett der dunklen Nächte, der feuchten Bettdecken,
es sind die frierenden Poren der schutzlosen Gewebe
verzeih mir ...
verzeih mir bitte diesen Überfall

die Beschneidungsfeier eines Dichters

LITTLE HIPPO
PLAY WITH ME

aus Rosenholz

mein Atem: ein jackenloses Kind
erstarrt vor unbändigen Wellenschlägen
sein Traum: vergilbt auf fremden Türschwellen
ich, ach ich
der Märchenfänger, das feuergeile Strohrad!

ich: ein wirbelnder Schnitt
Überbleibsel einer stumpfen Schere
ein anarchistischer Spatz auf fremden Brüsten
ach, wie in Gesängen der freigesprochenen Feen
singe ich mir entwurzelte Lieder
in der Wucht der leeren Hochhäuser
in der Wucht der Müllberge

ferne, ferne, ferne ... ich hab dir ein Gedicht aus Rosenholz geboren

die Zeit sammelt, die Zeit faltet, die Zeit dichtet
die Geschichte vergisst
die Zeit läuft, die Zeit schlägt, die Zeit verwundet

ich und der Spatz
zwei scheue Flüchtlinge
umringt von den Krümeln eines Liedes
taufen uns in tiefen Meeren

Leben, Leben, Leben ... hab dir ein Gedicht mit Galgentinte geschrieben

am Mischpult

ich, der Stubenwichser, Mängelexemplar in abgelegenen Regalen
ich, die schweigsame Silbe in euren majestätischen Versen
der Blinde, der Taube, der Kammerjunge … aber ich …
mein Schmunzeln, ach, ein Schmunzeln blieb mir gegen die Sprüche der Macht
mein Schmunzeln: die flüchtige Windrose
zerstreut, zersprochen, zerziert in jedem Rahmen

in euren Kristallgesichtern bin ich der fallende Puder
in euren Sprüchen versinke ich in die Kupfersee … ach, ich …
sie waren mächtig, eure Worte, sie waren groß
eure Worte sind des Staates Wächter
eure Worte, stolze Zäune um die Schutzzone

ihr, die Kämpfer, die Sieger, die Thronfolger … so zart, so streifenfrei
sind eure Gesichter? lasst mich die Wolken stützen,
die Spitzen der Sterne abrunden
ihr führt in Ruhe eure Prozesse …
alles andere wird mein Fell für euch tragen
ich bleibe hier, bleibe der wartende Ziegel auf euren Dächern
warum die Stolpersteine … warum die Stolpersteine …
seht ihr, bin aus Wachs gegossen
brenne und brenne und brenne in euren Gläsern

lasst mich bitte nur ausschlafen, mich,
der sich in Spiegeln vergraben hat
mich, der die Breite der Luken ermisst
mich, den Wahnsinn der Folterzellen
schaut gar nicht rein, schaut gar nicht rein!
ihr wisst, die Zeit, ach, die Zeit schrubbt jeden Fleck nieder
mein Verstummen: der Schneesturm
zieht euch fest an, zieht euch fest an …
und lasst mich bitte nicht alles zweimal sagen!

und seid mir bitte nicht böse
das hier sind keine Vorwürfe
ich wollte euch nur schützen …
versteht ihr mich …

Bordell Jaguar

der Verfasser dieses Gedichts durfte mit 10 Jahren an den Wochenenden sein Geld im Bordell seines Onkels verdienen. feuchte Handtücher, gebrauchte Gläser einsammeln, die Mülleimer leeren, die Porno-Videocassetten wieder ins Regal räumen, die Zimmer lüften. eines Morgens stand er vor der abgeschlossenen Tür eines Verrichtungszimmers und hörte diese Frauenstimme ...

welche unzähligen Bedürfnisse unter diesem Schleier sprudeln
könnt ihr nicht wissen
wovor verteidigt sich diese verbannte Verdeckung
dieses Flüchten vor dem eigenen Körperwillen
dieser betäubte Selbstbetrug
meine gefangene Weiblichkeit
meine verdurstende verhungernde Weiblichkeit
dieser dunkle Schleier diese dunkle Vernichtungskammer
die meine Hilfeschreie aufsaugt
wozu dient das Ganze? ist diese verhüllte Leiche
nicht eine Annäherung an Gottes Erbarmen?
eine Sündenhandlung mit dem Teufel
wieso? wieso?
bin ich es, die vor dem Spiegel wie eine gepeitschte Hündin hinter einem Ausweg herbellt?
meine Seele soll sich aus diesem Spiel entkernen
mein Körper soll von tiefsten Gründen bis zu den höchsten Hügeln verführt werden
ansonsten brauche ich gar nicht auf den Tod zu warten
mein eigenes Feuer lässt mir keine Stelle unberührt
das Tor der Hölle öffnet sich jede Sekunde mehr
wer kann mich aus diesem Opferfest befreien
bevor das scharfe Messer sich reibt an meinem Hals
wer kann mein Held sein?

Hey! ist da draußen niemand?
hört mich denn keiner?
ach, du dumme Zicke!
du glaubst doch selber nicht, dass einer dir seine Hand geben wird
das Echo deines stummen Schreies wird dir deine eigenen Adern sprengen

der Verfasser dieses Gedichts hat mit seinem erstverdienten Geld einen Gedichtband gekauft
Ich lebe mein Leben in wachsenden Ringen
kennt Ihr dieses Gedicht?

in Konstantinopel

an Hildegard Knef

zwischen Gewürzsäcken auf dem Bazar
entfalten sich seidige Häute
der Sehnsucht geschuldet …

das Moos auf den Wellenbrechern taucht vor Scham
in die Tiefe, in die Tiefe …

hier wandern entwurzelte Männergeschichten
bäm! hier landen verfranzte Matrosen
das glühende Vorderdeck in Stoffhosen
zuhause, auf der Türschwelle das Brandmal,
zerbrochene Blumentöpfe
Pfandweiber,
die ihr Heim am glühenden Bügeleisen suchen …

hier ist der Planet der Hafenlosen
hier wird der Schmerz mit Wahn getilgt
in Hinterhöfen wölbt sich das Kreischen
der arbeitslosen Kinder:
erdenlose Windrosen

eine Dichterin am Fenster winkt ihrem blonden Haar hinterher
an ihren Wimpern hängen Taubenfedern
auf ihrer verrauchten Zungenspitze
stöhnt die unnahbare Adeligkeit!

Patti Smith besingt die eiserne Luft!

an der Ecke, vorm Eingang des Kiosks
steht der vergessene Akteur
unter seinem Arm schwitzt die billigste Champagnerflasche
eingewickelt in Zeitungspapier
besoffene Schlagzeilen:
der Westen hat sich Zäune aus Angst flechten lassen
Achtung! Achtung! Gummiboote!

ich verlasse die Stadt, auf meinem Rücken der Turnbeutel meines Sohnes
im goldenen Horn
ein verwirrter Delphin
auf dem Bazar entfalten sich seidige Häute …

Lichter am Rhein

an eine Dichterin

die eine Nacht, erinnerst du dich?
wir & die blinzenden Entenaugen am Ufer
wir & die grellen Straßenleuchten

in unseren Jackentaschen salzige Sonnenblumenkerne
dein Rucksack: die tauchende wölbende Kolonie Pessoas

die Heimkehr: leicht, weglos, leicht, weglos ...
über uns hingen die Zuckerwatten
unsere Worte saßen in einem achsenlosen Karussell, ohne Chips!
alles drehte sich um uns, wir blieben stur sitzen

auf einmal fragtest du mich: woher Dinco,
woher die Traurigkeit in deinen Augen?
ertappt! meine Worte mündeten in den Rhein ...

vor fünf Jahren sah ich meinen Vater auf der Schneewiese
verhüllt, mit einem Gruß an Proust
sah die Maulbeerblüte in seinem Mundwinkel pochen
genau da, genau da liegt die Discokugel begraben!
jetzt, nach langer Zeit, schreibe ich dir eine Antwort
ach, diese Garderoben der Dichterseele ...

alles aus Liebe, Kollegin, glaub mir ...
alles aus Liebe ...

p.s.
noch was: glaubst du, Papas bekommen drüben ihre goldgelben Huris?
wenn ja, was bekommen die schwulen Papas? oder vergiss es, alles gut!
nächstes Mal bringe ich dir Sonnenblumenkerne mit. sorge du für Nescafé.
in Verbundenheit. dein Dinco

die Trümmer der Paläste

ich sah deinen Sohn, Abraham
deinen Sohn!
in seinem Nacken der Nacken meines Sohns ...
Abraham!
seitdem du das Messer scharfgesprochen hast
sind die Gelüste der zarten Haut
gefangen in Palästen
zerstümmelt in verlogenen Paradiesen
versklavte Unschuld auf dem Brett Gottes
Scheiden für die Schärfe der Schwerter!

Abraham!
wo alles Heilige den Arsch für den wilden Fick enthaart
hast du den Mut, hast du den Mut
für dein Verbrechen Sühne zu leisten?
hast du den Mut, hast du den Mut
dein feiges Versprechen zu beichten?
sprich Abraham!

in deinem Herzen blühte die Sünde auf
in deinem Mund soll sie verfaulen ...

die Odyssee

***an den Ölofen, an den Wandteppich,
an die Teekanne ...***

nun bin ich zurückgekehrt
ich dachte
der Weg würde mich bis zum Schluss
vor euren schneidigen Zungen verstecken.

ihr seid immer noch hier.
vorm Leben flüchtende Zeittrödler
eure Gesichter sind faltiger geworden
kommt raus!
versteckt eure Scham nicht unter Staubdecken.

kommt raus, ihr schuldet mir keine Rechenschaft!
jedes Wort erwürgt nun seine Verheißung.
wisst ihr?
meine Wut auf euch streifte über die Berge
ihr wurdet eine Last
die ich in keiner Schublade bändigen konnte
meine verlogene Gebundenheit an euch
war nur eine Flucht vor meiner Einsamkeit.

nun bin ich zurückgekehrt,
die Flocke hat sich dem Bordstein ergeben
ihr seid die Sieger ...

seid jetzt still
seid still
bitte
das Erinnern ist immer noch
die feuchte Peitsche auf dem Rücken.

Nettetal 1999

ich war in einem Film …
habe Briefe geschrieben!

2½

auf dem Bildschirm, lieber Birdy, sprangen die Gazellen von dem steilen Ufer in den Mara, in dieses schlammige Gewässer. viele wurden von spitzen Zähnen in die Tiefe gezerrt. die letzte Sekunde auf der Wasseroberfläche, Birdy, dieser verschattete Blick der Gazellen ... dieser Blick hat sich hinein in meine Nacht gestochen ... er tat mir weh. die Keksreste im Mund spuckte ich in ein Tuch. und brüllend heulen wollte ich ... die Kinder schliefen nebenan. ein Kind aus einem Traum zu wecken, ist eine Sünde, das weiß ich, Birdy, das weiß ich ... die Nacht floss wie ein ahnungsloses Rinnsal aus meinen Augen, die Nacht warf ihr Gesicht in die Dämmerung, in die Dämmerung, wo alle Gebete sich dem betäubenden Licht ergeben. auf dem Bildschirm, lieber Birdy, sprangen die Gazellen von dem steilen Ufer in die Wiederholung des Erlebten. und so, Birdy, entstehen Gedichte. die Gazellen werden versuchen, wieder und wieder dieses Nebelnetz zu überqueren. und du siehst, der Überlebenstrieb ist wie der Oktopus, dem die Arme nach jedem Schnitt nachwachsen. du verstehst mich doch, Birdy, oder? du verstehst jetzt, wie Gedichte entstehen?

14. August 2017

an diesem See, Birdy, saß ich auch als Kind. habe mit einem Plastikbecher Babyfische gefangen. habe ihre Blicke studiert, diese nach Innen zitternden Blicke, und schnell und schnell und schnell, habe ich sie wieder freigelassen. hatte Angst, dass mich das Seemonster dafür eines Tages bestrafen wird. diese Blicke, Birdy, diese Blicke, sah ich nach Jahren an allen Küsten der Welt, in Gefängniszellen, in Gesichtern der Kinder, die einer rastlosen Zeit geliehen sind. weißt du Birdy, wo das Seemonster bleibt? weißt du, wer die Zeugen dieser Zeit sind? die Christusdorne, die Kiefern, die Ulmen … oder bleiben alle blind in einer Schlacht? an diesem See, Birdy, bin ich eines Abends aus einem Traum erwacht! und was ich dir jetzt schreibe, das bleibt unter uns, schwöre! es war ein Januar, hier, auf der Holzbank hab ich zum ersten Mal in einem Pornoheft geblättert, die Innereien des Menschen, den Schmerz der Zukunft studiert, bis meine Finger zu kalkweißen Eiszapfen wurden. ich stand auf, drückte das Heft in den Bauch eines Schneemannes, lief nach Hause, taute meine Finger über dem Eisenofen auf. nebenan saß meine Mutter und betete. vor Scham konnte ich ihr nicht ins Gesicht sehen. ich war zuhause, vor einem Vierteljahrhundert, das Kind, Birdy, das Kind sitzt immer noch auf dieser Holzbank. in seiner Hand drei gefrorene Babyfische, in seiner Hand die Gefängniszelle der rastlosen Zeit! im Eisenofen: das Knistern der Mandarinenschalen …

wie ich in dem ersten Brief erwähnt habe, lieber Birdy, bin ich jetzt Vater zweier Kinder. die Ältere, mein erstes Wunder, versucht mir den Anstand beizubringen. ich soll nachts nicht mehr nackt von einem Zimmer ins andere pendeln. alle Väter müssen einen gestreiften Pyjama tragen, meint sie. und schmunzelt dabei wie ein Smaragdmeer. der Kleine fing letzte Woche mit der Schule an, wie ein Kamelfohlen zuckelt er jeden Morgen den Schulweg lang, lustig … jetzt, wo ich dir schreibe, sinnen die beiden bestimmt der Geschichte nach, die ich ihnen gestern Abend erzählt habe. der Panda fährt den VW-Bus in den Garten und hupt und hupt, die beiden springen mit einem vollen Korb, mit Chips, Fruchtsaft und Stieleis aus dem Fenster durch das offene Dach des Busses. sobald sie angeschnallt sind, wachsen dem VW-Bus Flügel aus Maisblättern. die erste Station ist ein Bambusfeld in China, die zweite der Dschungelwald, Mogli wird besucht, zu viert wird gepicknickt, zu viert kämpfen sie gegen Shir Khan, zu viert pinkeln sie gegen die rote Blume. Später kommt Balu dazu und spielt den DJ. der Sieg wird mit einem Popotanz gekrönt … lieber Birdy, ich weiß nicht, ob ich den Kindern solche Geschichten erzählen darf, du kennst die Weltordnung besser als ich. ich will ihnen nur die Flügel schenken, die man dir geraubt hat … ich lasse die Fenster offen, hab Angst Birdy, hab Angst. der Kanarienvogel darf nicht mehr gegen die Scheibe fliegen. hab Angst, der Traum darf nicht mehr zu Scherben werden. in Händen kann ich keine Scherben mehr halten. ich lasse die Fenster offen, der Panda bringt gleich die Kinder zurück …

IV

17. September 2017

diesen Sommer, in der anatolischen Steppe, ging ich mit meinem Sohn über den Friedhof. wir begossen die bis in die Adern getrockneten Pflanzen. wieso haben die Toten solche riesigen Bausteine auf ihren Köpfen, fragte mein Sohn. das sind die Kronen einer langen Geschichte, antwortete ich. die Antwort war nicht klug … wir hängten die Wasserflaschen an die Zweige des Kastanienbaums und fuhren zurück in die Stadt. ich saß auf dem Balkon und hörte wie der Kleine in der Küche seiner Mutter von unserer Reise erzählte: Mama, weißt du, alles war schön. ich durfte in der Dorfkneipe mit den Katzen spielen, hab Eis gegessen, Fanta getrunken … alles war schön, bis wir auf diesem komischen Friedhof waren. weißt du, die Toten sind verrückt, die tragen die Bausteine wie eine Krone auf dem Kopf, sie erzählen kein Märchen, sie spielen kein Lego mit Kindern, sie liegen nur da und tragen Kronen. wenn man schon eine Krone trägt, muss man auch was können. ich finde die Toten einfach scheiße! ich musste laut lachen, lieber Birdy. beim Lachen tröpfelte mir ein wenig Urin in die Unterhose. das Erinnern ist das Heiligste, schreibt der Dichter. das Spielen ist das Heiligste, sagt mein Sohn und ruft nach mir: Papa, kommst du jetzt endlich rein, du hast mir versprochen, dass wir Monopoly spielen! ich gehe rein und setzte mich zu ihm. na endlich, sagt er und und würfelt als Erster …

das hier wird der letzte Brief sein, mein lieber Birdy. wir, zwei unsichtbare Gestalten, werden uns bestimmt irgendwann mal sehen. bitte, sprich kein Wort über das, was ich dir geschrieben habe. Erinnern ist das Heiligste, doch vieles muss ich vergessen. deshalb schreibe ich auch, nur um zu vergessen. man kann ja nicht ewig in dieser Arena der Vergangenheit das rote Tuch halten. man kann nicht immer von steilen Ufern in die Flüsse springen. mit jedem schlechten Gedicht stirbt ein Schwan in diesem See. sag den Schwänen, es tut mir leid, es tut mir leid. sag den Schwänen, dass ich nach diesen Zeilen den Dichter mit dem Bogen eines Tyrannen in eine andere Galaxie schießen werde. anders ist ein Überleben in dieser Zeit nicht möglich, weder für die Schwäne noch für den Dichter. hier, in meinem Garten hängt noch der letzte Apfel am Zweig. komm und hol ihn dir. in Blumentöpfen wachsen Minze und Petersilie, bringe eine Schere mit. in der Schublade meines Schreibtisches liegen noch die Salmiakbonbons von Hiltrud, ein Nacktbild von Romy Schneider, ein Schwarz-Weiß-Bild meines Vaters, an den Wänden hängen die ersten Zeichnungen meiner Kinder, in der Vitrine die Handschrift meiner Frau und die vom Zigarettenrauch vergilbten Bücher Thomas Bernhards. komm und nimm dir alles, die Tür hat kein Schloss, diese Tür hatte nie ein Schloss ... pass auf dich auf, mein Lieber ... Flügel werden hier nicht geduldet ... pass auf dich auf! die gebrochene Sprache und die Sprünge der Gazellen hab ich schon in den Koffer gepackt und warte auf die Morgendämmerung, warte auf den Tyrann. versprich mir, du wirst den Schwänen sagen, dass es mir leid tut ... ob die mir das Verbrechen verzeihen, ist eine andere Geschichte, aber sagen musst du es ihnen auf jeden Fall. und versprich mir, du wirst wieder deine Flügel anlegen und fliegen. und fliegen ... du wirst für uns beide gegen die rote Blume pinkeln. versprich es mir ... mit alten und neuen Grüßen.

dein Dincer

Inhaltsverzeichnis

alle Welt wollte Frieden
und schickte die Welt in die Flucht ...

Liebste!
werden wir es wagen
barfuß zu laufen
über dieses Feuer

die Beschneidungsfeier eines Dichters

ich war in einem Film ...
habe Briefe geschrieben!